COLEÇÃO

CLÁSSICOS UNIVERSAIS

OS MÚSICOS DE BREMEN

IRMÃOS GRIMM

Tradução e adaptação de Fernando Klabin

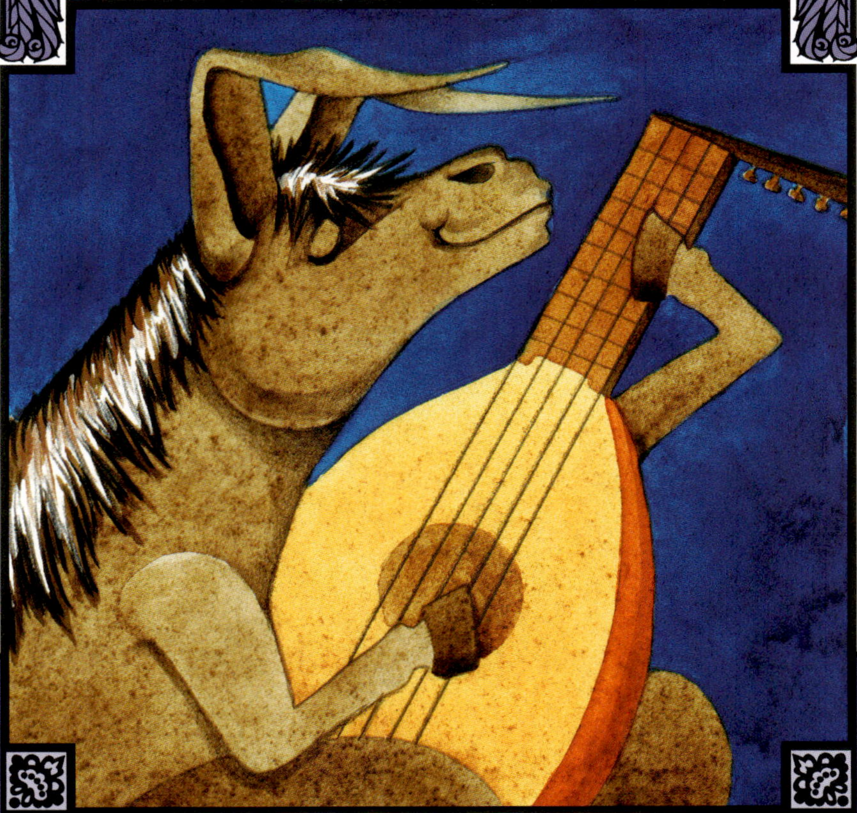

ILUSTRAÇÕES DE CLÁUDIA SCATAMACCHIA

global editora

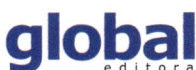

Era uma vez um jumento que, após muitos anos de trabalho duro carregando sacos até o moinho, começou a fraquejar e se tornar cada vez menos eficiente. Por isso, seu patrão decidiu dar cabo dele. Ao perceber que maus ventos sopravam para seu lado, o jumento fugiu e tomou o caminho de Bremen, onde sonhava tornar-se músico.

Depois de percorrer muita estrada, deu de cara com um cão de caça que estava estirado bem no meio do caminho, ofegante como quem houvesse corrido à beça.

– O que é isso, meu amigo, por que está arfando desse jeito? – perguntou o jumento.

– Ah – disse o cachorro –, já estou tão velho e fraco, que não consigo mais acompanhar as caçadas. Por isso, meu amo quis me abater. Consegui dar no pé, mas como é que vou ganhar meu sustento agora?

– Quer saber de uma coisa? – disse o jumento. – Estou indo para Bremen tornar-me um artista; venha fazer música comigo também. Eu toco o alaúde, e você, os tímpanos.

O cachorro ficou muito empolgado com o convite, e juntou-se ao jumento na caminhada. Não passou muito tempo até que na beira da estrada toparam com um gato, com cara de quem comeu e não gostou.

— O que é isso, camarada, que bicho te mordeu? – perguntou o jumento.
— Quem é que pode estar alegre com a corda no pescoço? – disse o gato. – Só porque agora já passei da idade, e meus dentes estão gastos, e porque prefiro ficar atrás do forno ronronando em vez de caçar ratos, minha dona quis me afogar numa tina. Apesar de ter escapado, não sei que rumo tomar na minha vida. E agora, o que é que eu faço?
— Venha conosco para Bremen. Você com certeza é um especialista em música noturna e pode se tornar um cantor famoso.

O gato se amarrou na ideia e os acompanhou. Em seguida, os três fugitivos passaram ao lado de um sítio. Sobre o portão da entrada havia um galo que gritava a plenos pulmões.

– Ei compadre, assim você ainda mata alguém de susto! – disse o jumento. – O que é que você está querendo?

— Eu fiz previsão de tempo bom para que a Nossa Senhora pudesse secar a roupinha lavada do Menino Jesus, e de fato fez tempo bom; mesmo assim, aquela cruel dona de casa disse à cozinheira que me pusesse amanhã na sopa, para ter o que servir às visitas no domingo, de maneira que hoje à noite vão me cortar o pescoço. É por isso que estou gritando, com todas as minhas forças, enquanto ainda posso.

— Deixe disso, garnisé — disse o jumento —, e parta conosco. Estamos indo para Bremen. Tem coisa melhor para se fazer do que esperar a morte. Com esse canto tão bonito, podemos formar uma banda de enorme sucesso!

O galo aceitou imediatamente a proposta, e lá se foram os quatro juntos.

Mas, como não se chega a Bremen num só dia, resolveram pernoitar na floresta. O jumento e o cachorro se deitaram embaixo de uma árvore frondosa, o gato se acomodou entre seus galhos e o galo se empoleirou lá no alto, por questão de segurança. Antes de adormecer, ele olhou para os quatro pontos cardeais. Vislumbrou uma luzinha piscando ao longe e avisou seus companheiros de que parecia haver uma casa ali por perto.
O jumento sugeriu:

– Então vamos para lá, pois o nosso abrigo não é dos melhores.

O cachorro admitiu também que alguns ossinhos com um pouco de carne seriam muito bem-vindos. Decidiram então partir na direção de onde vinha a luz, que logo passou a brilhar mais e mais, até chegarem a uma casa toda iluminada – na verdade, um covil de ladrões.

O jumento, por ser o mais alto deles, aproximou-se da janela e olhou para dentro.

– O que é que você está vendo, burrico? – perguntou o galo.

– O que eu estou vendo – respondeu o jumento – é uma mesa farta, coberta de bebidas e quitutes, e um bando de ladrões bebendo e comendo do bom e do melhor.

– Isso não cairia nada mal para nós – disse o galo.

– Pois é, bem que podíamos estar lá também – disse o jumento.

Os animais começaram então a discutir como afugentar os ladrões, e logo puseram um plano em execução. O jumento botou os cascos na janela, o cão montou no seu lombo, o gato pulou em cima do cão e, por fim, o galo voou e pousou na cabeça do gato. Deu-se que, ao sinal combinado, começaram a fazer cada um a sua própria música ao mesmo tempo: o jumento urrava, o cachorro latia, o gato miava e o galo cantava. De repente, o quarteto saltou para dentro da sala através da janela, estilhaçando a vidraça. Os ladrões ficaram de cabelos em pé com a terrível gritaria! Convencidos de que se tratava de uma assombração, correram apavorados para o meio do bosque. Então, os quatro camaradas se sentaram à mesa e comeram como se tivessem que jejuar por muitas e muitas semanas.

Assim que os quatro artistas terminaram, apagaram as luzes e procuraram um canto para dormir, cada um conforme sua natureza: o jumento deitou-se num monte de feno; o cão, detrás da porta; o gato, em cima do forno perto das brasas ainda quentinhas e o galo, no poleiro. Estavam todos tão cansados da longa jornada, que logo caíram no sono.

Já passava da meia-noite, quando o chefe dos ladrões viu de longe que não havia mais luz na casa e tudo parecia tranquilo. Disse ao seu bando que eles não deveriam ter deixado se intimidar e mandou um deles examinar a casa. O emissário encontrou tudo mergulhado no mais profundo silêncio.
Ao entrar na cozinha para acender uma vela, confundiu os olhos brilhantes do gato com uma brasa incandescente, e acabou aproximando deles um fósforo. O gato não gostou nada da brincadeira e pulou sobre ele, arranhando-lhe o rosto. Morto de medo, o ladrão fugiu para a porta dos fundos, mas o cachorro, que estava dormindo lá, acordou de repente e mordeu sua perna. O ladrão saiu correndo pelo quintal e, ao passar do lado do monte de feno, levou um baita coice do jumento. E o galo, que acabou por despertar com a barulheira, pensou que o dia já estivesse clareando, e berrou de cima do poleiro:

– Cocorocó!

Ao ouvir o grito, o ladrão correu o mais rápido que pôde ao encontro do bando. Ao chegar, advertiu o chefe:

— Dentro da casa tem uma bruxa medonha, que gritava sem parar e cortou meu rosto com suas unhas compridíssimas! Guardando a porta há um homem com um facão que me rasgou a perna! No quintal fica um monstro negro que atirou um tronco de árvore em cima de mim! E sobre o telhado está o chefe deles, que gritou lá do alto: "Tragam para cá esse bocó!". Nem sei como consegui escapar!

 Desde então, os ladrões jamais se atreveram a voltar para a casa, e os músicos de Bremen acabaram se sentindo tão bem por lá que não quiseram mais ir a parte alguma.

 E foi isso o que acabaram de me contar.

Irmãos Grimm. Os irmãos Jacob e Wilhelm Grimm, nascidos no final do século XVIII na cidade de Hanau, Alemanha, se dedicaram aos estudos de história e linguística, recolhendo diretamente da memória popular as antigas narrativas, lendas ou sagas germânicas, conservadas pela tradição oral.

Em 1812, foi editada a sua primeira coletânea de histórias recolhidas, *Contos domésticos e infantis* (*Kinder und Hausmärchen*), com tiragem de 900 exemplares. Em 1815, os irmãos Grimm produzem o segundo volume dos *Contos*. A quinquagésima edição, última com os autores vivos, já totalizava 181 narrativas. Wilhelm Grimm morreu em 16 de dezembro de 1859. Jacob sozinho deu continuidade à obra deles até morrer em 20 de setembro de 1863. Os dois irmãos descansam juntos no cemitério de Matthäus em Berlim-Schöneberg. Com suas pesquisas, tinham dois objetivos básicos: o levantamento de elementos linguísticos para fundamentar os estudos filológicos da língua alemã e a fixação dos textos do folclore germânico. Assim surgiu a sua literatura que encanta crianças de todo o mundo.

Fernando Klabin. Nascido em São Paulo numa família de origens russa e italiana, e formado em Ciências Políticas pela Universidade de Bucareste, Fernando tem traduzido para o português, nos últimos quinze anos, obras do inglês, alemão e romeno. Além de tradutor, é ator, guia turístico especializado em Romênia, escritor e artista plástico.

Cláudia Scatamacchia. Os olhos da gente deslizam pelos traços delicados e fortes do desenho de Cláudia Scatamacchia. E descobrem detalhes: pedras podem não ser só isso, elas formam um desenho que é beleza pura.

Essa neta de imigrantes italianos nasceu em São Paulo, é formada em Comunicação Visual e diz: "Gosto de desenhar, de reinventar a linha, de revigorar o traço, de perseguir as sombras, de buscar as luzes, de saborear as cores".